La Licorne qui n'avait pas de Corne

Texte : *Camille Hourtane*
Illustrations : *Poonam Shinde et Surya Nair*

Editions

Aux Editions Bleu Rubis, notre mission est de créer des livres pour *éducatifs* et *amusants* qui rendent les enfants *uniques*.

Nous avons beaucoup de projets et n'en sommes qu'au début de l'aventure !

Pour nous aider à nous améliorer, nous vous invitons, chers parents, à donner votre avis sur la fiche de ce livre en scannant ce QR Code.

MERCI BEAUCOUP !

Votre avis compte.

BIENVENUE DANS L'AVENTURE !

Tu es une future licorne et tu t'apprêtes à vivre une aventure avec tes amis dans la forêt enchantée. L'aventure contient 21 petits chapitres, et à la fin de chacun, tu devras continuer l'aventure ou faire un choix.

L'aide d'un adulte pour les enfants non lecteurs et de moins de 7 ans est nécessaire.

Lorsque tu aperçois l'indication
◀ **QUE DÉCIDES-TU DE FAIRE ?** ▶
fais le bon choix et rends-toi à la page indiquée. Attention : tes choix auront de lourdes conséquences alors réfléchis bien !

Si tu aperçois le symbole ⬠ **PERDU** ⬠ , alors c'est raté ! Ce n'est pas grave. Il est important de faire des erreurs pour grandir et progresser. Recommence l'aventure depuis le début.

Au cours de l'aventure, il y a 6 jeux à compléter. Ils sont indiqués par le symbole ✏️ et numérotés comme ceci : **1**.
Les solutions sont disponibles en **22**.

C'est parti ! L'aventure commence en 1 , à la page suivante.

1 Bienvenue dans l'aventure, future petite licorne. Tu vis avec tes amis, frères et sœurs dans une forêt enchantée. Quand vous serez grands, vous deviendrez de vraies licornes, mais pour l'instant, vous n'avez pas encore de corne sur la tête. Dans cette forêt, il y a des trolls, des fées, des dragons, des griffons, des feux follets, des licornes, des phénix, des oiseaux qui parlent, et des arbres qui marchent.

Avec tes amis, vous aimez partir à l'aventure. Vous croisez souvent de nouvelles créatures. Parfois, vous rencontrez même de nouveaux amis.
Quand vous serez plus grands, toi et tes amis recevrez un attribut magique. Tous espèrent recevoir une corne et devenir une licorne. En attendant, vous poursuivez vos aventures.

Continue en 2 .

À TOI DE JOUER !
Raye dans la grille les mots des habitants de la forêt listés à droite.

DRAGON
GNOME
PHÉNIX
ELFE
LICORNE
TROLL
FÉE
LUTIN

2 Le jour que toi et tes amis avez tant attendu arrive. Vous vous rendez au cercle de pierres magiques. Il y a douze pierres, comme les douze mois de l'année. Elles brillent d'une belle lumière verte. Un par un, tes amis entrent dans le cercle de pierres. Un arc-en-ciel apparaît alors au-dessus du cercle, et une corne pousse sur le front de chacun de tes amis. Ils deviennent tous des licornes.

Enfin, ton tour arrive. Mais rien ne se passe. L'arc-en-ciel n'apparaît pas. Tu n'es pas prête à recevoir ta corne.

◀ **QUE DÉCIDES-TU DE FAIRE ?** ▶

Si tu veux partir à l'aventure avec tes amis, va en 14.

Si tu veux essayer de comprendre pourquoi tu n'as pas de corne, rendez-vous en 6 .

3 Plusieurs créatures de la forêt sont coincées sous les rochers qui ont roulé. La porte de la maison de la famille Hérisson est bloquée par de gros cailloux. Grâce à leurs cornes, tes amis peuvent pousser les rochers. Ils arrivent à libérer les animaux qui sont pris au piège.

Tu n'as pas de corne, mais tu essayes d'aider comme tu peux. Soudain, tu vois qu'un jeune dragon est tombé dans un trou profond. Il a l'aile cassée. Il ne peut donc pas s'envoler. Même avec leurs cornes, tes amis ne peuvent pas l'aider.

Si tu as mangé la fleur dorée, va en 20.
Si tu n'as pas mangé de fleur, va en 8.

4 Tu n'aimes pas que tes amis se moquent de quelqu'un sans raison. Leurs cornes sont belles, mais quand ils sont méchants, ils ont l'air encore plus vilains que le vieux troll.
Tu attends que tes amis s'éloignent un peu, puis tu t'approches à ton tour du troll :

À TOI DE JOUER !
Colorie la mandala pour l'offrir au troll et le consoler. **2**

« Désolé, monsieur le troll. Mes amis se moquent de vous, car ils sont fiers de leur nouvelle corne. Mais moi, ils me font honte. Veuillez les excuser, ils ne pensaient pas vraiment ce qu'ils ont dit ».

Le troll est réconforté. Il veut te récompenser de ta gentillesse.

« Pour te remercier, voici une fleur dorée » te dit-il en souriant.

« Si tu la manges, elle te donnera bientôt ce que tu désires si fort. Je l'ai trouvée loin de là, au cours d'une de mes cueillettes. C'est une fleur magique et rare. Fais-en bon usage. »

Tu le remercies et tu manges la fleur.

Continue en 5 .

5 Un beau jour, alors que tu te promenais dans la forêt enchantée avec tes amis, le sol se met à trembler. Les pierres se mettent à gronder et à rouler. Les créatures de la forêt s'enfuient pour éviter d'être coincées sous les pierres ou de tomber dans des trous.

Le Grand Chêne qui a éternué s'excuse.
   "Je suis désolé, je ne l'ai pas fait exprès. J'ai le rhume des foins. À chaque fois que j'éternue, mes racines immenses bougent, et le sol se met à vibrer comme dans un tremblement de terre."
Tes amis décident d'aller aider les créatures de la forêt qui sont piégées ou blessées.

Continue en 3 .

6 Tous tes amis sont devenus des licornes, mais toi, tu n'as pas reçu de corne. Tu veux comprendre pourquoi. Tu décides d'aller voir le sage du village. C'est un oiseau savant qui connaît beaucoup de choses :

- Maître Oiseau, dis-tu. Mes amis ont reçu leur corne, mais pas moi. Pourquoi ? Je veux devenir une licorne !

- Chère enfant, tout le monde ne peut pas devenir une licorne ! te répond Maître Oiseau avec un coassement enroué. Il arrive qu'un cheval magique ne reçoive pas de corne. Si tu veux en savoir plus, pars à la recherche de la fontaine magique. Elle saura répondre à ta question mieux que moi.

Continue en 9 .

7 Tu as beaucoup de chance, car le soleil brille et les oiseaux chantent. C'est une très belle journée pour une aventure. Tu suis le chemin de la rivière. Tu marches à l'ombre de grands arbres. Il y a des fleurs de toutes les couleurs qui bordent le chemin. L'eau de la rivière coule en chantant joyeusement. Elle est fraîche et claire. Tu t'arrêtes plusieurs fois pour boire, car la route est longue.

Soudain, tu entends un cri perçant. Il vient de la rive. Ce n'est pas un cri joyeux. C'est le cri de quelqu'un qui appelle à l'aide.

◀ **QUE DÉCIDES-TU DE FAIRE ?** ▶

Si tu veux continuer vers la fontaine, va en 18.
Si tu veux chercher l'origine du cri, va en 15.

8 Le jeune dragon blessé ne peut pas sortir du trou. Tes amis ne peuvent pas l'aider, même avec leurs cornes. Et toi, tu es aussi impuissante qu'eux. Tu n'as pas confiance en toi.

« Je ne peux rien faire. Si seulement j'étais plus forte. Mais je ne suis qu'une petite créature sans corne… »

Tu n'arrives pas aider tes amis. Tu restes bloquée en haut du trou, sans pouvoir venir en aide au bébé dragon.

🔺 **PERDU** 🔺

Le bébé dragon doit attendre que quelqu'un de plus courageux puisse le sauver. Recommence l'aventure en 1 .

9 Tu réfléchis au conseil de Maître Oiseau. Tes amis te manquent et tu voudrais aller jouer avec eux. La fontaine magique est très loin. Il faudra que tu voyages toute la journée. Cependant, tu veux vraiment avoir la réponse à ta question :

- Merci ! Je vais aller à la fontaine magique, dis-tu à Maître Oiseau.

- Pour y arriver, tu dois suivre la route de la rivière. Fais attention à la gargouille qui la garde. Tu devras prouver que tu mérites de recevoir la réponse à ta question. N'oublie pas d'être gentille et polie. Bonne chance !

Tu prends le chemin qui suit la rivière.

Continue en 7 .

À TOI DE JOUER !

Trouve un chemin à travers la forêt vers la Fontaine Magique.

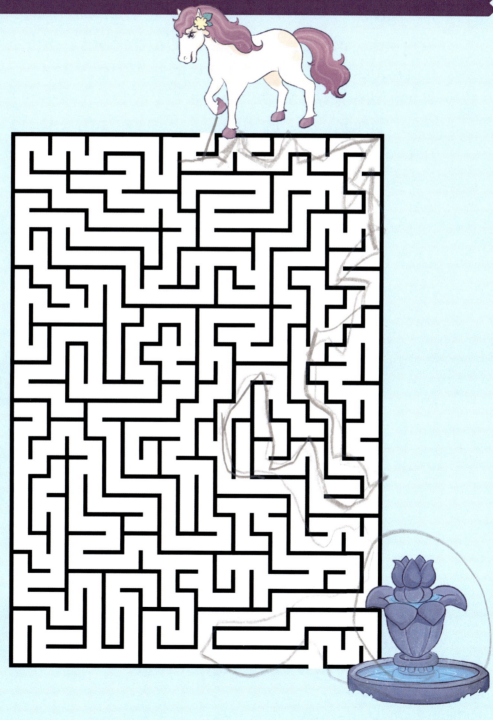

10 Ton ami n'est pas très gentil avec toi, et ça te met en colère. Finalement, tu te mets à la place du troll. Il a dû avoir beaucoup de peine. Pour te venger, tu mets à ton ami un coup de sabot.

Ton ami riposte, et à l'aide de sa corne pointue, il te pique très fort dans la cuisse ! Aïe !

Rapidement, les autres amis interviennent pour interrompre la dispute. Malheureusement, le mal est fait. Tu as attaqué ton ami de colère, et il a été vexé.

 PERDU

**Tes amis licornes partent jouer de leur côté et te laissent seule.
Recommence l'aventure en ❶.**

11 Tu n'as pas fait preuve de compassion pour la créature qui criait au bord de la rivière. Tu n'as pas de présent de valeur à donner à la fontaine magique. Tu te penches au-dessus de l'eau pour poser ta question.

« Pourquoi n'ai-je pas de corne alors que mes amis sont devenus des licornes ? »

Mais la fontaine reste muette. Tu poses la question en criant, puis tu poses la question en murmurant. Tu essayes même de poser la question en chantant. Mais la fontaine magique reste silencieuse.

🔸 PERDU 🔸

Elle ne te répond pas. Tu repars sans connaître la réponse. Recommence l'aventure en ❶.

12 Ton ami te fait beaucoup de peine. Tu décides de lui parler calmement et lui expliquer ce que tu ressens :

"Tu as beaucoup de chance d'avoir une corne. C'est un don fabuleux. Mais tu ne devrais pas te moquer de ceux qui n'en ont pas. Tu devrais plutôt te servir de ta corne pour faire le bien autour de toi."

Ton ami s'excuse de son comportement. Vous repensez ensemble au troll, et vos moqueries ont du lui faire beaucoup de peine. Vous ne recommencerez plus. On peut être fier de soi sans pour autant dévaloriser les autres.

Continue en 5 .

13 La gargouille gronde. Tu la salues poliment. Après tout, tu n'aimerais pas que quelqu'un s'approche de ta maison sans te saluer :
- Bonjour madame la gargouille, dis-tu.
- Bonjour, petite aventurière, te répond la gargouille en souriant d'une voix caverneuse. Tu as de bonnes manières. Ça me change de ceux qui sont mal polis parce que je suis vilaine. Je te permets d'approcher la fontaine. Tu peux lui poser une question, si tu veux. Cependant, la fontaine ne te répondra que si tu as un présent à lui offrir en échange. As-tu apporté quelque chose de valeur avec toi ?

**Si tu as la plume de phénix, rendez-vous en 17.
Si tu n'as pas la plume de phénix, va en 11.**

14 Tes amis sont très fiers de leurs nouvelles cornes. Elles sont longues, torsadées, et pointues. Elles brillent comme des joyaux. Ils paradent dans la forêt en balançant la tête et ils admirent leur reflet dans l'eau d'une mare.
En suivant tes amis, vous rencontrez un vieux troll qui cueille des champignons.

« Vieux troll, ta tête ressemble à un caillou et ton nez ressemble à une carotte. Tu es vilain. Ah ! Ah ! Ah ! »

Le troll est très triste qu'on se moque de lui. Il n'a fait de mal à personne, il ramasse simplement des ingrédients pour sa soupe.

◀ **QUE DÉCIDES-TU DE FAIRE ?** ▶

Si tu veux gagner la considération de tes amis, moque-toi du troll en 19.
Sinon, va en 4 pour consoler le troll.

À TOI DE JOUER !

Découvre comment s'appelle le troll grâce à l'alphabet codé.

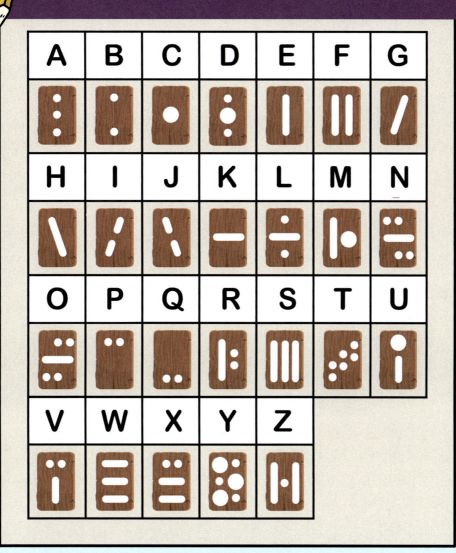

Décode le prénom du troll

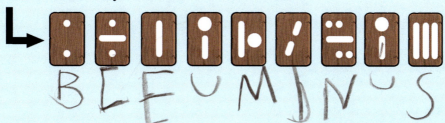

BLEUMINUS

15 Tu cherches l'origine du cri. En explorant la rive, tu découvres un bébé phénix. Il est tout petit et ses plumes sont toutes ébouriffées. Il pleure :

- Pourquoi pleures-tu ? lui demandes-tu.
- Je suis tombé de mon nid à cause du vent et je me suis fait mal à l'aile. J'ai peur que ma Maman ne me trouve plus.
- Je vais t'aider à retrouver ton nid, ne t'en fais pas.

Tu soulèves le bébé phénix tout doucement et tu l'emmènes jusqu'à son nid. Sa maman est folle de joie.

« Merci d'avoir sauvé mon enfant. En remerciement, prend une de mes plumes. »
Elle t'offre une de ses magnifiques plumes. Elle ressemble à une flamme dorée.

Continue en .

16 La gargouille gronde. Tu penses qu'elle ne veut pas te laisser approcher la fontaine. Tu décides alors de l'attaquer. Si tu gagnes, tu penses que tu pourras poser ta question à la fontaine.

Tu essayes de lui mettre un coup de sabot. Mais la gargouille est trop rapide. Elle esquive, tu essayes encore, mais la gargouille est trop agile et évite tous tes coups.

Enfin, tu arrives à la toucher. Mais la gargouille est faite de pierre. Tes sabots ne peuvent pas lui faire de mal. Pour te punir de ta méchanceté, la gargouille te mord.

 PERDU

Tu es obligée de t'enfuir. Tu n'as pas pu poser ta question. Recommence l'aventure en ❶.

17 La maman phénix t'a donné une belle plume dorée. Tu la montres à la gargouille :

- Est-ce que cette plume est un bon présent ? lui demandes-tu.

- Oui, te répond-elle en hochant la tête. C'est un très beau présent. La fontaine sera heureuse.

Tu poses la plume sur l'eau de la fontaine. Elle s'illumine avant de couler et de disparaître. Tu te penches au-dessus de l'eau pour poser ta question, le cœur battant :

« Pourquoi n'ai-je pas reçu de corne ? »

À TOI DE JOUER !
Pour recevoir ta question, résous d'abord l'énigme de la Fontaine Magique.

5

Quand je me réveille, je ne fais pas de bruit. Et pourtant, je réveille tout le monde...

Qui suis-je ?

Indice : je crée des reflets dans l'eau de la fontaine.

Une petite voix douce sort de l'eau :
- Il y a une fleur dorée qui pousse à mon pied. Mange-la. Ensuite, tu dois être patiente. La fleur te donnera bientôt ce dont tu as besoin.
- Merci, fontaine magique. Merci, madame la gargouille.
Tu manges la fleur dorée, convaincue que ton vœu sera exhaussé et que tu auras bientôt une corne. Puis tu décides d'aller retrouver tes amis.

Continue en 5 .

18 Après des heures de route, tu arrives enfin à une clairière. Au milieu de la clairière, il y a une jolie fontaine taillée dans de la pierre précieuse. L'eau dans la fontaine est toute lisse, comme un miroir.

Derrière la fontaine, il y a un rocher et une gargouille en pierre accroupie. Elle est vilaine : elle a un bec crochu, des ongles griffus, et des ailes de chauve-souris. Elle a même de grosses boucles d'oreille dorées et des cornes effrayantes.
Tu t'approches de la fontaine, mais la gargouille se met à gronder.

◀ **QUE DÉCIDES-TU DE FAIRE ?** ▶

Si tu veux saluer la gargouille, file en 13.
Si tu veux te battre avec la gargouille, va en 16.

19 Tu te moques du troll :
 « Monsieur le troll, tu es bleu comme du chewing-gum ! Ahah, tu es vraiment vilain !».

Tes amis rient. Tu fais enfin partie du groupe !
Mais au fond de toi, tu a de la peine pour le troll. Le pauvre….
Quelques minutes plus tard, ton ami relance les moqueries, mais cette fois-ci, c'est contre toi :
« Toi aussi ta tête ressemble à un cailloux ! Tu n'as pas de corne, ah ! ah ! ah !»

◁ **QUE DÉCIDES-TU DE FAIRE ?** ▷

Si tu es en colère, va 10.
Si tu veux parler calmement à ton ami, va en 12.
Si tu préfères quitter le groupe et aller voir Maître Oiseau pour comprendre pourquoi tu n'as pas de corne, rendez-vous en 6 .

20 Tu as mangé la fleur dorée. À ce moment-là, ce dont tu as besoin, ce que tu désires le plus, ce n'est plus de devenir une licorne.

« Mon souhait le plus cher est de pouvoir aider le dragon coincé dans le trou » penses-tu en ton for intérieur.

Soudain, un arc-en-ciel apparaît au-dessus de toi, et de grandes ailes blanches poussent sur ton dos. Tu deviens capable de voler comme un pégase ! Tes ailes sont si grandes qu'elles traînent presque sur le sol derrière toi. Elles sont blanches comme de la neige, et elles sont douces comme du coton.

Tu t'envoles et tu sauves le jeune dragon. Tes amis licornes admirent tes belles ailes.

"Quelle chance ! Tu as des ailes ! Bravo, tu as sauvé le dragon !"

Continue en 21 .

À TOI DE JOUER !
Colorie-toi en train de sauver le bébé dragon. Utilise le modèle sur la page de gauche

Encore plus de coloriages à la fin du livre

21 Grâce à tes ailes, tu as pu sauver le jeune dragon.

« C'est grâce à la fleur dorée. Elle m'a transformée ! », t'écris-tu.

Soudain, Maître Oiseau arrive.

« Tu te trompes, chère enfant », dit-il de sa voix enrouée. « La fleur n'était pas magique. Mais elle t'a donné la confiance d'être toi-même. Tu as fait pousser tes ailes parce que tu croyais en toi-même. Tu n'as jamais été inférieure à tes amis. Tu es simplement différente. Tu n'es pas une licorne, mais un pégase ! »

C'est important d'avoir confiance en soi. Chacune et chacun de nous est unique et a un potentiel illimité qui ne demande qu'à être révélé. Non, tu n'as pas de cornes, et tu ne seras jamais une licorne. Mais tu as des ailes, et tu es merveilleuse avec !

Toi et tes amis licornes repartez à l'aventure dans la forêt enchantée.

 FIN

22 SOLUTIONS DES ACTIVITÉS

1

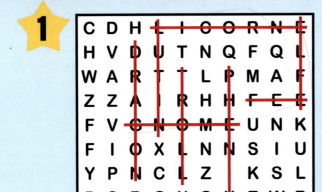

4

Le troll s'appelle **BLEUMINUS**.

5 Le soleil.

3

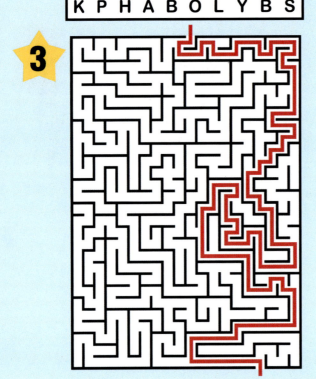

TON CONTENU BONUS OFFERT !

Les Editions Bleu Rubis t'ont préparé
10 COLORIAGES DE LICORNES
GRATUITS !

1. Scanne ce QR code pour les télécharger gratuitement.

2. Ou rends-toi sur la page suivante

bonus.bleurubis.fr/lalicornequinavaitpasdecorne

DANS LA MÊME COLLECTION

Nouveauté

Le livre qui aide les jeunes garçons à avoir confiance en eux !

Un conte à choix multiples inspirant, sur la confiance en soi, la différence, et le potentiel qui sommeille en nous.

Tu es un petit dragon et tu vis dans une forêt enchantée.

Tes amis ont tous reçu leur souffle magique. Ils peuvent cracher du feu ! Mais pas toi... Cela te rend très triste.

Va ! Pars à l'aventure découvrir pourquoi tu es différent de tes amis.

Tu es bien lien d'imaginer ce que tu vas découvrir en chemin...

DISPONIBLE
sur amazon.fr

DANS LA MÊME COLLECTION

Nouveauté

Le livre qui aide à ne plus de mettre en colère pour un rien !

Un **conte à choix multiples** inspirant, sur la **colère**, pour apprendre à mieux **contrôler ses émotions**.

Tu es un petit troll et tu vis dans une forêt enchantée.

Un jour, tes parents refusent de t'acheter des friandises. Alors tu casses ton jouet préféré de colère !

Va ! Pars à l'aventure pour réparer ton jouet cassé. Mais attention à bien maîtriser tes émotions en chemin…

Car dans ton aventure, tu auras besoin d'aide, et personne ne voudra t'aider si tu te mets sans cesse en colère !

DISPONIBLE sur amazon.fr

Manufactured by Amazon.ca
Bolton, ON

34111140R00021